Jane Tutikian

Dani das nuvens

Ilustrações: Silvia Amstalden

1ª edição

Série Entre Linhas

Gerente editorial executivo • Rogério Carlos Gastaldo de Oliveira
Editora • Andreia Pereira
Assistentes editoriais • Flávia Zambon e Andréa Der Bedrosian
Auxiliar editorial • Gabriela Damico Zarantonello
Coordenação e produção editorial • Entrelinha Design
Preparação e revisão de texto • Ana Maria Barbosa
Supervisão de revisão • Fernanda Almeida Umile
Projeto gráfico (miolo e capa) • Homem de Melo & Troia Design
Suplemento de leitura e projeto de trabalho interdisciplinar • Silvia Oberg
Diagramação • Entrelinha Design
Produtor gráfico • Rogério Strelciuc
Impressão e acabamento • vox gráfica op 280044

Dados Internacionais de Catalogação na Publicação (CIP)

Tutikian, Jane
Dani das nuvens / Jane Tutikian; ilustrado por Silvia Amstalden.
1. ed. – São Paulo: Atual, 2015. (Entre Linhas: cotidiano)

ISBN: 978-85-357-2004-4

1. Literatura infantojuvenil. 2. Amstalden, Silvia. I. Título II. Série

CDD 028.5

Índice para catálogo sistemático:

1. Literatura infantojuvenil: 028.5

10ª tiragem, 2025

Copyright © Jane Tutikian, 2015.

SARAIVA Educação S.A.
Avenida das Nações Unidas, 7221
CEP 05425-902 – Pinheiros – São Paulo-SP
Tel.: 4003-3061
atendimento@aticascipione.com.br
www.coletivoleitor.com.br

Todos os direitos reservados

CAE: 576166
CL: 810691

Sumário

1. É que, às vezes, o que foi fica sendo 7

2. É que, às vezes, não há como explicar 10

3. A vida não podia ser só isso 18

4. Me perdendo enquanto me achava 22

5. Me dava medo e me chamava 26

6. E o nome dele era Eclipse 32

7. Por que não fazes como o Guilherme? 36

8. Fazia da gente uma grande família 41

9. Que sim, que sim. Que não 49

10. Porque um dia existe então 58

A autora 63

Entrevista 67

Para o Bernardo, o Bê,
o Joan,
o Lucca,
a Duda e
o Dado,
porque o amor é assim.

Eu queria te dar a lua
Só que pintada de verde
Te dar as estrelas
De uma árvore de Natal.
Cazuza

1

É que, às vezes, o que foi fica sendo

É que, e foi isso o que eu aprendi, tem coisas que passam feito fogo tolo, brilham e apagam muito rápido, mas. Tem coisas que ficam na vida da gente pra sempre, como magia que se renova a cada nova lembrança. É assim ó:

    o que foi fica sendo de novo, só que dentro da gente. É assim com o meu pai.

Eu sei, também é verdade que tem coisa que passa e fica doendo, doendo como ferida sem casca, carne viva mesmo! Mas não é disso que quero falar. É daquilo.

•

Gosto muito de bicho. Quem não gosta? Ah, sei de pessoas que não gostam! Na minha casa, uma vez, a gente tinha muitos, e não é mentira, não.

O quintal era bem pequeno. A casa era bem pequena. Mas o quintal não parecia pequeno quando eu era pequeno. A gente chegava nele pela porta da cozinha, e do lado da cozinha ficava o banheiro; atrás do banheiro, um puxado que meu pai tinha feito para proteger minha mãe da chuva, quando estivesse lavando roupa.

Nosso quintal vizinhava com o do Colmo e da Raquel de um lado e, do outro, com o quintal da tia Alaíde, mãe do Paulinho, meu melhor amigo. Ele não mora mais do lado da minha casa nem nada, mas continua sendo meu melhor amigo, porque coisa séria assim é pra sempre.

O quintal era separado por um valo, onde escorria a água que vinha dos tanques. Vezenquando, com a água, barcos de papel traziam e levavam mensagens da meninada. Até jogo de futebol a gente chegou a marcar assim! Já os barcos das meninas eram cor-de-rosa e cheios de flores, além de uma escrita misteriosa, que a gente não conseguia decifrar. As mulheres e seus segredos!

Do lado de lá do valo, meu pai fez um viveiro grande e bonito! Eu e ele ficávamos horas olhando. Os canários amarelos, os cardeais-de-topete-vermelho e os azulões tinham pequenas rodas-gigantes, balanços, trapézios, até uma cachoeira em que a água jorrava constantemente. E eles não paravam, nunca. Um pouco iam para a roda, um pouco para o balanço, um pouco para o trapézio lá em cima, um pouco para a água e para os galhos da goiabeira. Tudo rápido, saltitante, alegre.

Do lado de cá do valo havia outra goiabeira, um viveiro pequeno só de cardeais e um viveiro menor, onde, além dos pássaros, vivia o meu coelho branco. O nome dele era White Rabbit, por causa do coelho da Alice, mas não fui eu quem escolheu o nome; foi meu irmão grande. Também vivia ali um faisão colorido. Era do meu pai e ele dizia que ia durar vinte anos, apesar das ameaças da minha mãe de levá-lo para a panela. Ainda do lado de cá havia uma casinha azul de madeira, o esconderijo do meu pai, que, depois, peguei pra mim.

Eu tinha um pouco de medo das avestruzes que ficavam soltas no quintal. Às vezes até chorava de medo, mas não deixaria que meu pai as levasse embora por nada deste mundo! E havia as galinhas, barulhentas, sempre bicando a terra com os olhos arregalados de tanta surpresa. Acho que galinha é feliz. E faz a gente feliz também. Às vezes, passávamos semanas inteiras comendo arroz com ovo, aquele que elas botavam assim: barulhentas, agitadas, donas do quintal.

Era assim a minha vida.

Não!

Minha, não. A do meu pai, a da minha mãe, a do Guilherme, meu irmão grande, e a minha também.

Eu vivia entre o quintal e o colégio, e naquele tempo gostava mais do meu quintal do que do meu colégio.

É que, às vezes, não há como explicar

Gostava mais do meu quintal, sim. Nele, com os bichos, eu brincava de cavaleiro, de rei, de soldado, inventava histórias e, sabe de uma coisa?, vivia mesmo essas histórias. Quando cansava de brincar sozinho, chamava todo mundo. Vinha o Paulinho, o meu irmão grande, a Maria da Graça, a Guida, a Luísa Esther, e a gente se divertia e esquecia do resto do mundo.

As avestruzes eram os moinhos, sempre vindo, sempre vindo.

Meu irmão grande tinha mania de mandar em nós. Ele comandava tudo! E como a Maria da Graça e a Guida gostavam dele, e o Paulinho só fazia o que a Maria da Graça queria, a Esther e eu éramos voto vencido. Aí, era pegar ou largar. Pegávamos, porque queríamos brincar, fosse do que fosse.

Era divertido, sim.

Corríamos.

Fugíamos.

Nos escondíamos.

Às vezes, é verdade, ultrapassávamos os limites, mesmo sem querer, e apanhávamos.

•

Teve um dia que meu irmão grande mandou o Paulo caçar uma borboleta. Ela era grande, bonita – nunca tive vergonha de dizer que acho bonito o que acho bonito mesmo –, preta e amarela, e o Paulo foi.

De repente, a borboleta era um dragão acuado, que corria entre os bárbaros. As asas enormes batiam apressadas e, então, ele parava, grudado na parede, imóvel. Quando ele parava, nos abaixávamos por causa do fogo.

Então, ele entrou na cozinha, e o Paulo foi atrás, e todos nós entramos também, um a um, apertados, armados até os dentes, com muito cuidado. Mas. A borboleta-dragão entrou na sala. Devia estar tramando alguma coisa.

Minha mãe havia lavado toda a louça e colocado para secar em cima da mesa de fórmica. Era dia de faxina, e os tesouros estavam expostos.

A borboleta pousou delicada e feroz, bonita e feia, perigosa, na quina da cristaleira. Para alcançá-la e prender o dragão, o Paulinho precisava subir na mesa.

Olhou para o meu irmão grande com olhos de interrogação. Recebeu o sinal afirmativo.

– Ao ataque! – Meu coração pulava de querer e de não querer.

O Paulo pisou com o pé sujo no canto da mesa e foi um estouro! Canhão disparado!

Susto!

O quê?

Foi um barulhão de vidro quebrado, de louça estourando, de mesa virando.

Minha mãe entrou gritando na sala. Queríamos explicar, mas às vezes não há o que explicar. Os cacos de louça e de vidro falavam mais alto que tudo, menos que os gritos da minha mãe.

Não sobrou nada, nenhum copo daqueles em que vinha o extrato de tomate ou a geleia. Quebrou tudo. Não sobrou nenhum prato, nada. E a borboleta-dragão pousada, delicada, em paz.

Minha mãe nos mandou, a mim e ao meu irmão grande, para o quarto. Já ia lá para nos dar uma surra. A tia Alaíde, não sei de onde surgiu, passou por mim, cuidando para não pisar nos cacos, levou o Paulinho suspenso pela orelha. Ele foi chorando. Dona Luba dizia cheia de erres que a Estherzinha dela não fazia essas coisas, não. As meninas sumiram, castigadas pelo susto.

•

Engraçado, só agora me dou conta, minha mãe nos mandava para o quarto dela para apanharmos, e nós íamos! Às vezes ela demorava, e a gente ficava esperando. Vinha sempre com um chinelo na mão e gritando muito. Como meu irmão grande já chegava chorando, ele apanhava pouco.

Eu?

Eu não chorava. Ela queria que eu chorasse para saber que o castigo tinha funcionado e eu não chorava. Então apanhava mais.

Só não apanhei naquele dia em que ela demorou a vir e, enquanto isso, fui vestindo, uma a uma, as roupas que havia no armário. As minhas, as do meu irmão grande, as dela, as do meu pai. Parecia um espantalho, de tanta roupa!

"Desta vez não vai doer", pensei.

E não doeu.

Ela me olhou e começou a rir.

Eu estava que era um palhaço e gostei de estar daquele jeito. Rindo muito – poucas vezes, depois que meu pai foi embora, vi minha mãe rir assim –, ela me abraçou, abraçou meu irmão grande e nos liberou da surra e do castigo.

•

Verdade, verdade, eu só chorava quando não tinha ninguém por perto, depois, no quintal, sob o olhar dos pássaros, das galinhas, das avestruzes. Menos do faisão, que só gostava dele mesmo. Menos do White Rabbit, que nunca tinha tempo pra mim e ficava cheirando miudinho e rápido, como na história da Alice. *Ai os meus bigodes... É tarde, é tarde até que arde. Ai, ai, meu Deus, alô, adeus, é tarde, tarde é tarde. Não, não, não, eu tenho pressa, muita pressa...* Eu só sabia isso. Para mim, não era tarde nem cedo. Sozinho, eu chorava, mas não era de brabo, não; era de triste mesmo, porque. Minha mãe sempre dizia que eu não tinha jeito, que vivia com a cabeça nas nuvens.

E eu vivia.

•

Mãe é uma coisa complicada de se entender, não é? A minha, pelo menos, era. Brigava e gritava com a gente o tempo todo, mas.

Naquele outro dia,

foi bem depois, meu irmão grande disse que poderíamos viajar pelo mundo e arregalou os olhos na certeza de que iríamos viajar pelo mundo.

Na verdade, eu não queria e fui logo dizendo que não queria, mas ele prometeu que nunca mais ia mandar as formigas para o espaço, naqueles foguetes que fazia com pau de fósforos e o papel laminado que vinha nas carteiras de cigarro. Nenhuma nunca foi para o espaço, os foguetes não decolavam e as formigas morriam queimadas. Ele prometeu – n-u-n-c-a mais – e, como eu sempre acreditava nele, acreditei.

Saímos em fila indiana, pulando de cerca em cerca, pisando no valo molhado para não deixar pegadas, até chegarmos na avenida lá embaixo. Primeiro ele, depois o Luís, irmão da Maria da Graça, depois o Paulo, depois a Maria, depois eu, depois a Guida, que era sempre a mais lenta.

A Esther não viajou conosco porque morria de medo da dona Luba, vó dela, que falava com a voz bem fininha e com os erres pesados. Verdade, verdade, eu também tinha um pouco de medo dela. A dona Luba era grande, gorda, vermelha, tinha um bigode preto e uns fios compridos e esparsos de barba na papada. Papada é uma palavra feia! A avó da Esther também! E, além disso, estava sempre braba, mesmo quando não estava.

•

Nós fomos.

Passamos por ruas, gente, ônibus grandes e carros barulhentos. E fomos por outras ruas, outras e mais outras ainda.

Dona Vera, da lojinha de lãs e linhas, ainda nos perguntou aonde íamos. Responder o quê? Não sabíamos bem. Apenas viajar pelo mundo!

Aquilo de ir, de rir, de dizer coisas e rir até vir a vontade de fazer xixi, aquilo era a maior de todas as aventuras que, até então, tínhamos vivido. Descobri naquele dia que a liberdade era aquilo de poder andar, andar sem ir, rir do que talvez não tivesse graça nem nada, falar bobagem sem medo de ser ridículo. Eu sempre tinha medo de ser ridículo. Aquilo era liberdade!

O Luís só tinha dinheiro para um saquinho de pipoca, mas o homem da carrocinha fez as contas e disse que aquele dinheiro dava para metade de um saquinho para cada um de nós. Foi uma festa!

A liberdade estava completa!

Liberdade pode ser completa?

Ou

é completa por ser liberdade?

Dani das nuvens
Jane Tutikian

Suplemento de leitura

Dani é um garoto de 12 anos, que vive um momento muito especial: está se tornando adolescente e descobrindo coisas novas sobre ele mesmo e os outros. Dani mora com a mãe e o irmão, mas, com a ausência de seu pai, tudo ficou mais vazio: os viveiros de pássaros, o cantinho do coelho e até o *esconderijo* do quintal, para onde ele vai quando está triste. Na escola, as coisas não vão bem, ele não consegue se concentrar nos estudos e suas notas estão baixas. Dani vive com a cabeça nas nuvens, e a orientadora da escola propõe um tratamento para TDA (Transtorno de Déficit de Atenção). E lá vai Dani para as aulas de hipismo, que lhe reservam novos desafios e uma amizade para toda a vida com o cavalo Eclipse. O tempo passa e traz novos interesses: Dani se sente mais amadurecido e, agora, quer descobrir se gosta mesmo de Esther ou, na verdade, está apaixonado por Telma, a amiga com quem compartilha leituras e troca ideias sobre a vida.

Por dentro do texto

●

Personagens e enredo

1. Uma história pode ser narrada de muitas maneiras. O narrador é aquele que conta a história e o faz a partir de um determinado ponto de vista, pelo qual revela o que sabe sobre os fatos que acontecem na narração. É o que se chama de foco narrativo ou ponto de vista.

   a) Quem conta a história no livro lido?

   _____

   _____

   b) Em sua opinião, que efeito o ponto de vista pelo qual a história é contada provoca no leitor? Justifique.

   _____

   _____

   _____

   _____

   _____

2. Se você tivesse que escolher outra personagem como narrador da história, qual seria ela?

   _____

   _____

   a) Selecione uma passagem da história e reescreva-a como se estivesse sendo narrada pela personagem escolhida.

   _____

   _____

   _____

Tempo e espaço

6. A história mostra a passagem do tempo de muitas maneiras, mas, principalmente, no modo como o protagonista Dani muda a maneira de sentir e observar o mundo a sua volta. Por exemplo:

Voltamos a brincar no quintal algumas outras vezes, mas era muito diferente. Alguma coisa em nós – e a coisa éramos nós mesmos – estava mudando. [...] As brincadeiras já não pareciam verdade, eu já não queria ser rei, nem herói, nem bandido [...] (p. 23-24)

a) Em sua opinião, por que Dani já não tinha tanto interesse nas brincadeiras de antes?

_____

_____

_____

_____

b) Comente algumas mudanças que aconteceram com o passar do tempo e que você observou em sua vida e na de sua família.

_____

_____

_____

_____

_____

Linguagem

7. Pesquise na biblioteca e leia o poema "Quadrilha", de Carlos Drummond de Andrade, e a passagem de *Dani das nuvens*, abaixo:

[...] A gente achava que a Maria era apaixonada pelo Paulinho, que era apaixonado por ela, e que a Esther era apaixonada por mim, que era também apaixonado por ela, mas. Isso a gente não dizia. (p. 21)

A passagem do livro lido estabelece uma espécie de diálogo com o poema "Quadrilha". A este tipo de *conversa* entre obras de diferentes autores dá-se o nome de *intertextualidade*. Em grupo, discuta os possíveis significados do poema e suas relações com a passagem selecionada.

8. Dona Lula, vizinha de Dani, gosta de falar ditados quando conversa. Selecione dois ditados falados pela personagem e outros dois, pesquisados por você, e escreva o que significam. Compartilhe os ditados com seus colegas.

9. Na história, Dani fala dos livros que lê. Descubra os autores das obras citadas e escolha uma para ler.
   Alice no País das Maravilhas
   O apanhador no campo de centeio
   Robinson Crusoé
   Beleza Negra
   Moby Dick
   Capitães da areia
   Memórias de uma moça bem-comportada

Produção de textos

•

10. A história de Dani tem o final *aberto*, deixando espaço para que o leitor imagine o que irá acontecer depois. Releia os últimos parágrafos do livro e crie um texto curto, com uma continuação sobre o que acontece com Dani. Compartilhe o seu texto lendo-o para seus colegas.

11. Imaginem que Daniel ganhou o Eclipse e pôde sair com ele para onde tinha vontade. Formem grupos e escrevam uma narrativa de aventura. Todos devem dar ideias para o enredo ficar bem interessante. Depois, todos os grupos devem apresentar as suas histórias.

Atividades complementares

12. Na história, Dani tem problemas de concentração e é diagnosticado com Transtorno de Déficit de Atenção (TDA). Em grupo, converse sobre as relações entre o título do livro e as características e problemas que Dani enfrenta em seu dia a dia.

13. As aulas de hipismo de Dani fazem parte de seu tratamento para TDA. Na hípica, ele conhece outros garotos especiais, como Rafael, que tem síndrome de Down. Em grupo, faça uma pesquisa a respeito dessas síndromes e prepare um texto curto sobre elas, indicando o que são e alguns de seus sintomas e tratamentos. Você poderá ler a entrevista com a autora no final do livro, na qual ela fala sobre o assunto e consultar várias fontes: livros, revistas, *sites* etc. Seguem algumas sugestões:

    <http://www.tdah.org.br/>

    <http://www2.uol.com.br/vivermente/reportagens/cabeca_nas_nuvens.html>

    <http://outroolhar.com.br/>

    <https://www.youtube.com/watch?v=qkz9OKlBrvI>

    <https://www.youtube.com/watch?v=NBz34EMP5kA>.

14. Assista ao filme *Uma lição de amor* (*I am Sam*, EUA, 2001), de Jessie Nelson, e converse com seus colegas a respeito da abordagem feita sobre o problema do protagonista, que apresenta deficiência intelectual, e o modo como se dá a relação entre as personagens (com e sem necessidades especiais) no filme.

Era uma das coisas que eu não sabia e talvez nunca soubesse responder.

•

De repente, as ruas começaram a ficar iluminadas. Gosto quando as luzes das ruas começam a acender e quando, de longe, a cidade se acende. Era o aviso de que devíamos voltar.

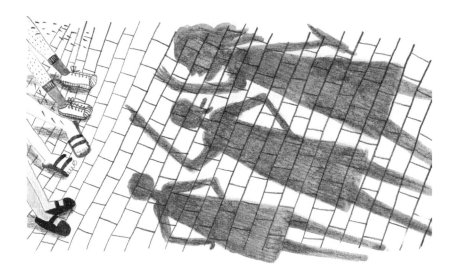

Meu irmão grande desenhou no chão, com uma lasca de tijolo, o trajeto que poderíamos fazer para chegar em casa mais depressa, pelo menos antes que anoitecesse, antes que dessem falta de nós e. Corremos sem falar, sem rir, sem brincar. Agora era vida ou morte.
Eu queria a vida!
Corremos!
Queríamos a vida!
Corremos!
Quando viramos a esquina da nossa rua estreita, havia gigantes e suas sombras espalhados por toda parte.
Zangados.
Sedentos.

Famintos.

Meu irmão grande logo começou a chorar.

O Paulinho tapou, com as mãos, as duas orelhas.

Eu, cavaleiro andante, peguei a mão da Maria da Graça e da Guida para protegê-las.

Verdade, verdade é que meu coração pulava mais do que eu e – fico com vergonha de contar isso – senti o xixi escorrendo pelas pernas.

O alemão Luís ia na frente, mais branco do que já era.

Da Guida só se viam o branco dos olhos e a saliva no canto da boca, que ela era tatibitate e se cuspia toda quando falava e quando não falava.

Avançávamos.

Os gigantes avançavam.

Tia Alaíde já vinha gritando muitas perguntas ao mesmo tempo.

Era impossível responder.

As mãos do Paulinho tremiam protegendo as orelhas.

A mãe do Luís e da Maria da Graça trazia uma cinta dobrada. Dona Joice era mãe e pai. Sempre dizia isso, e era verdade mesmo; nunca vi o pai deles.

Jorge, o irmão da Guida, foi o primeiro a nos alcançar. Puxou a Guida pelo braço e a levou para dentro de casa, dando uns cascudos, com aqueles dedos enormes, entre as tranças finas dela.

Meu pai, que era soldado, ainda não tinha chegado, e eu não sabia se isso era bom ou era mau.

Não.

Eu sabia.

Era mau.

Se ele tivesse chegado, viria ao meu encontro e ao encontro do meu irmão grande, viria em nosso socorro. Com a minha mãe, só com ela, a gente não teria chance. E o meu irmão grande não parava de chorar.

Dona Luba dizia que éramos futuros – futuros com muitos erres – marginais, que tinham que nos educar – com tantos outros erres. Fiquei com muita raiva dela. Afinal, não tinha nada a ver com a história! A Esther nem tinha ido conosco!

Minha mãe vinha.

Eu parava.

Meu irmão grande chorava.

Ela parava.

Eu ia. Fechei os olhos. Entregue. Desistente. Já não tinha mais as mãos das meninas nas minhas mãos.

Eu ia. A sorte estava lançada. Era melhor terminar logo com aquilo! Mas.

Dona Lula, uma velha negra de cabelos muito brancos, que sabia todas as coisas desta vida e de outras também – todo mundo dizia que ela falava com os mortos! –, abriu a porta da casa e disse com uma voz rouca, forte:

– Que bom que as crianças voltaram! – E abriu os braços acolhendo o mundo! – Que bom!

Os gigantes ficaram em silêncio. Ela olhou para eles e disse:

– E todas bem!

Os gigantes e suas sombras ficaram do tamanho das pessoas, e a dona Lula, não satisfeita, chamou todo mundo para dentro da casa dela. Pediu que ajoelhássemos. Tínhamos de rezar para a Nossa Senhora dos Navegantes! Estávamos todos tão bem! No meio da reza, minha mãe abrigou a mim e ao meu irmão grande num abraço, chorou e agradeceu à santa de roupa azul dentro da casinha de vidro.

Choro às vezes pega, e as mães não paravam de chorar, nem a tia Alaíde, a tia Joice, nem a minha mãe. Quando a choradeira já estava demais, dona Lula disse:

– Para muito sono, toda cama é boa! – E foi mandando a gente embora.

•

Meu pai chegou, no meio da noite, abriu a cortina floreada que separava nosso beliche da sala da mesa de fórmica, beijou meu irmão grande, me beijou e disse baixinho:

– Vamos combinar que, de agora em diante, vocês sempre vão avisar quando saírem e vão dizer aonde vão, certo?

O sono era tanto que não sei se algum de nós respondeu. Talvez não.

3

A vida não podia ser só isso

Claro! Também gostava do colégio, mas era diferente. No meu quintal ficava o meu mundo, eu podia fazer dele o que quisesse, mesmo que não fosse só meu de verdade. Meu colégio era um outro mundo e, naquela escala, a da cadeia alimentar que a professora de Biologia apresentou quando estava falando sobre o ecossistema, naquela escala em que os animais maiores comiam os menores e os mais fracos, eu não sabia se um dia saberia qual era o meu lugar. Ficava enjoado de pensar nisso.

Maria da Graça, Luísa Esther e eu estávamos na mesma classe. A Guida nunca conseguia sair da quarta série, mas a gente ajudava em tudo o que ela pedia. O Paulinho e o meu irmão grande estavam uma série à nossa frente, e o Luís, uma série à frente deles.

A gente só se encontrava mesmo no recreio, mas não ficava muito junto nem nada. Só as meninas. Os meninos iam jogar futebol com os colegas.

No futebol, eu era ruim; então, ficava na zaga e, para não arriscar, dava sempre um bico na bola e a jogava para fora do campo.

Mas.

Na classe, a Maria, a Esther e eu sentávamos juntos. A professora de Geografia, dona Sulmira, até que tinha tentado nos separar. Voltávamos, como voltaríamos sempre. Ela dizia que a gente conversava demais. Não eu; a Maria da Graça e a Esther. A professora de Religião dizia que éramos as três virtudes. Os meninos da classe ficavam debochando de mim quando ela falava isso, e eu ficava muito furioso, embora soubesse que ela gostava de nós.

A Maria da Graça era a queridinha da professora de Artes, porque ela sabia fazer tudo. A Esther era a queridinha da professora de Matemática, por motivos óbvios.

Eu?

Eu ficava perdidão no meio de tudo isso, e perdido nunca é queridinho de ninguém. Pensando bem, nem queria ser. Gostava muito das aulas de Português, quando eram de redação. Odiava o resto. Odiava regras; nunca fui bom em decorá-las, e regras era tudo o que queriam de mim. Quem disse que o amigo do meu amigo é meu amigo, o amigo do meu inimigo, meu inimigo, o inimigo do meu amigo, meu inimigo e o inimigo do meu inimigo, meu inimigo? Tudo bem! Até tinha lógica, mas transformar isso em sinais: + com + dá +, + com − dá − e. Aí já virava tudo uma grande complicação na minha cabeça. Não conseguia! E quando a equação era grande e o sinal tinha de passar de uma linha para outra, passava o número e o sinal errados, sempre.

A professora Neusa ficava muito braba comigo e dizia que eu vivia nas nuvens. Quanto mais explicava, mais eu errava; quanto mais eu errava, mais braba ficava. Achava que eu não prestava atenção. Eu prestava até que não prestava.

Minha mãe era chamada todos os meses ao colégio e sempre voltava muito chateada comigo. Por que eu não seguia o exemplo do meu irmão? Ele sabia tudo de matemática.

É.

Mas.

Eu não dizia, mas ele era bem ruim em redação, e muitas vezes eu fazia as dele. Gostava muito, e ainda gosto, das palavras. Gostava muito, e ainda gosto, de ler, embora, é verdade, não tivesse livros na minha casa.

Quem me emprestava os livros era a Telma. Ela me emprestou *Moby Dick*, e eu não conseguia parar de ler, com a reação daquela baleia branca enfurecida, ferida um monte de vezes pelos baleeiros. Depois ela me emprestou *Robinson Crusoé*, e, UAU!, naufraguei no meu quintal e o Paulinho passou a ser o Sexta-Feira.

Um dos tantos livros que a Telma me emprestou e que eu tinha gostado muito foi o do *Beleza Negra*. Era a autobiografia de um cavalo. Ele mesmo contava a sua história. Quer saber? Chorei com aquele cavalo.

Agora ela tinha me emprestado *O apanhador no campo de centeio*. Nunca tinha lido um livro assim, que não tinha campo de centeio de verdade nem nada!

Sabe?

Eu era, de verdade, mais verdade do que o Robinson Crusoé quando saiu de casa; eu era mesmo o Holden Caulfield! Eu era o Holden confuso, cheio de perguntas, de querer e de não querer saber. Era eu! Ele queria ser o guardião das crianças; eu, dos bichos e das pessoas grandes, mas. Não sabia como.

Como? Era a minha pergunta mais frequente.

E de novo: sabe? Era o meu primeiro livro com palavrão e tinha até aquela palavra: prostituta. Quando li essa palavra, o sangue subiu para o meu rosto. Achei que estava ficando tonto e escondi o livro embaixo do meu colchão para a minha mãe não ver.

Às vezes, eu queria ser como a Telma. Ela sabia tudo de outras coisas que a gente não sabia e nem imaginava. Nossas conversas

– minhas, da Maria e da Esther e do Paulinho também – eram sempre engraçadas. A gente falava um monte de bobagem. Conversas vazias. Não que eu não me divertisse; me divertia, sim. A gente achava que a Maria era apaixonada pelo Paulinho, que era apaixonado por ela, e que a Esther era apaixonada por mim, que era também apaixonado por ela, mas. Isso a gente não dizia.

Mas de novo.

A vida não podia ser só isso! E a Telma, que não era minha melhor amiga nem nada, ela, de algum jeito, me mostrava, sem dizer, que a vida não podia ser só isso. E quando ela falava das pessoas pobres, que não tinham o que comer nem nada e que não tinham o que vestir nem nada, eu pensava nelas e esquecia de mim e da minha casa minúscula, da cozinha bolorenta, do banheiro quebrado no quintal, do arroz com ovo, do meu pai soldado, da minha mãe costureira, dos invernos de muito frio e de pouca coberta. Não! As pessoas pobres eram as outras.

Ela também me emprestou o livro de poemas do Fernando Pessoa. Vi logo que eu era o Álvaro de Campos; ela, o Alberto Caeiro. Eu gostava muito do "Poema em linha reta", e a gente discutiu o poema uma manhã inteira!

Um dia, escrevi no quadro:

Arre, estou farto de semideuses! Onde é que há gente no mundo?

Ninguém respondeu. Fiquei chateado e com um pouco de raiva que nem a Maria da Graça nem a Esther ligaram.

Só dois dias depois a Telma me entregou uma folha de caderno, em que tinha escrito com caneta roxa:

Para ser grande, sê inteiro: nada
Teu exagera ou exclui.
Sê todo em cada coisa. Põe quanto és
No mínimo que fazes. (...)

O Ricardo Reis não era um dos nossos preferidos nem nada, mas a Telma era assim, sempre sabia o como.

4

Me perdendo enquanto me achava

O que era bom também era mau.

Às vezes, eu ficava com um livro no colo, embaixo da carteira, enquanto a professora Sulmira falava de planícies e planaltos, e a professora Neusa explicava a regra – sempre a regra! – de três, e a professora de Religião dizia que Deus era justo, apesar. Que a gente podia não entender nada, mas. Ele sempre tinha bons planos para todos nós.

Eu?

Lendo, longe, aqui e longe, me perdendo enquanto me achava.

•

O que não era bom, não era bom.

Não há possibilidade de contrário, não na hora. Depois, talvez, mas. Isso não sabia e ainda não sei. Não aprendi.

Tem um momento que vem até aqui:

Só até aqui e depois ele já não é o mesmo.

Ele é depois.

E a gente, mesmo sendo a gente, também é a gente depois. É assim, mesmo que não se conheça, mesmo que não se queira o que se conhece.

Quando meu pai foi embora – e eu já disse que isso não foi combinado –, fiquei depois, meu irmão grande ficou depois, minha mãe ficou depois. Mas. Só entendi isso mesmo assim quando cheguei no quintal da minha casa e os viveiros estavam vazios, de portas abertas, e não havia galinha ciscando na terra, nem avestruzes de quem fugir, nem nada. O White Rabbit tinha perdido a pressa. O valo estava seco. Nem barco encalhado havia! A casa estava desarrumada. Havia apenas o barulho da máquina de costura da minha mãe, que não parava nunca.

Sentei no degrau da cozinha e fiquei tentando o impossível, tentando não pensar quando o pensamento pensa sozinho dentro da gente.

Não perguntei. Era assim que se resolviam os problemas na minha casa: "Então, não se fala mais nisso". Não se falou.

Levantei, entrei e arrumei as camas, que ainda estavam desarrumadas. Difícil mesmo era arrumar a cama de cima do beliche. E não se falou mais nisso.

•

Voltamos a brincar no quintal algumas outras vezes, mas era muito diferente. Alguma coisa em nós – e a coisa éramos nós mesmos – estava mudando. O corpo – eu continuava magro, mas estava mais alto –, a voz, o jeito de olhar, a vergonha. As brincadeiras já não pareciam verdade, eu já não queria ser rei, nem herói, nem bandido, e as ideias do meu irmão grande passaram a ser coisas de homens – homens de doze, treze anos – que ele, o Luís e o Paulinho trocavam entre si. E parecia às vezes que eram muiiiito grandes; às vezes, que tinham vergonha da gente.

•

Mas.

Estava sendo um ano complicado aquele, e como se não bastasse, estava escrito que eu ia ser reprovado em Matemática. Não! Quer saber? Eu confiava em mim até que desconfiasse que.

Desconfiei.

Então.

Às vezes, depois de um mas tem um então, que faz parecer que o que é mau pode mudar, mesmo ficando lá. Pode mudar.

Foi num conselho de classe, enquanto todos os professores falavam mal de todos, a professora Neusa falou de mim e, por alguma razão, todos concluíram que eu era muito desatento, que deveria ter déficit de atenção.

Confesso que gostei. Afinal, aquilo podia ser a resposta das respostas, assim como o livro dos livros, que eu não sabia! Era a resposta do que era eu!

Ou não era?

Fui chamado ao Gabinete de Psicologia da escola e fui feliz, porque não estudava muito mesmo e não gostava de Matemática mesmo, e isso tinha uma causa de que, afinal, eu não era totalmente culpado.

Ou era?

Foram muitos os testes que fiz com a orientadora Balbina. Muitas as manchas pretas e brancas em que eu tinha que ver coisas, e eu via. Tive que colocar a água num pote de vidro e em dois potes menores e em três potes menores ainda e responder: onde tem mais água?

Minha mãe também foi chamada e saiu de lá preocupada.

Eu era um TDA? Eu tinha o transtorno de déficit de atenção?

Que sim.

Que não.

E eu adorando que era alguma coisa. Adorando que minha mãe estava preocupada comigo!

Então de novo, depois de muitas e muitas conversas, a orientadora Balbina conseguiu para mim uma vaga na escolinha de equitação da Hípica.

Bem que a dona Lula tinha dito que a vida em si não é triste. Tem momentos tristes, mas é o que a gente consegue fazer dela. Nunca esqueci disso. Tem gente que tem tudo para ser infeliz, mas é feliz. E o contrário também.

Certo, parece que isso não faz sentido e entrou aqui sem razão nenhuma, mas vamos devagar. Vou explicar tudo.

5

Me dava medo e me chamava

Eu estava estranho. Não era um cara feio nem nada. Até gostava do meu cabelo crespo preto e da minha pele branca. Também não me achava um cara bonito! Era muito magro e, o pior de tudo, era muito burro e parecia que todo o universo sabia disso. Naquele dia, eu estava me sentindo meio estranho; bem, mas estranho.

A orientadora Balbina tinha me dado, numa sacola de supermercado, umas calças justas de montaria, uma camisa branca, uma camiseta marinho, umas botas de cano alto e um capacete.

Quando abri a sacola, fiquei meio envergonhado. Primeiro, porque nunca sei como vou dizer o que tenho que dizer quando alguém me dá alguma coisa. Depois, porque, eu já disse, era tudo muito estranho.

Minha mãe mandou que eu vestisse a roupa. Vesti.

Ela riu.

Ri também, esperando que ela dissesse que não estava rindo de mim, mas. Ela não disse.

Verdade, verdade mesmo, meu irmão grande é que debochou. Apontava para mim e dava gargalhadas! Tinha momentos em que eu odiava meu irmão grande, mas eu gostava dele. Naquele dia, a gente brigou e tudo.

De noite, na cama, antes de dormir, fiquei pensando o que a Esther ia achar quando me visse com aquela roupa. Ridículo! E senti um grande frio no estômago quando me perguntei o que eu ia fazer com aquela roupa. Descobri que era melhor desistir.

Pronto.

Desisti.

Mas.

Sabe essa coisa de desconhecido?

Pois é. Me dá medo e me chama. Me dava um medão do tamanho do mundo porque já sabia que ia fracassar e, ao mesmo tempo, me deixava curioso. E se?

Minha mãe sempre dizia que inteligente era o meu irmão grande, que eu só era esperto. Não sabia bem o que era ser esperto. Sabia o que era ser burro, curioso e medroso.

Fechei os olhos. Queria que meu pai viesse dar boa-noite e me desse um beijo. Eu ia me sentir muito mais seguro para enfrentar o outro dia. Ele não veio, e eu já sabia que o nunca mais dura para sempre. Ele nunca mais viria.

●

De manhã, no colégio, passei o tempo todo perguntando que horas eram.

A Maria da Graça e a Esther estavam vibrando. Tem gente que é assim, não é? Tem gente que transforma uma coisa que nem precisa ser importante nem nada numa grande coisa. Para elas, eu ser um TDA era motivo de inveja, e bem que eu tirava partido disso. Mas. Ter uma roupa de andar a cavalo igualzinha à de filmes que tínhamos visto na TV, UAU!, era o máximo! E os olhos delas brilhavam!

Perguntei cem,

duzentas,

trezentas,

quatrocentas vezes as horas. É engraçado como o tempo demora quando a gente não pode demorar tanto, não é? Comecei a entender o White Rabbit. A cada minuto eu sentia mais e mais frio no estômago.

A Telma mandou um bilhete:

Os povos africanos dizem que nós temos o relógio; eles, o tempo.

Não sabia o que ela queria dizer com isso! Dona Lula tinha dito para a minha mãe, quando o meu pai foi embora, que o tempo é o relógio da vida.

Será?

Isso era – continua sendo – muito complicado! Eu só sabia que depois de um pouco de vida vem um outro pouco de vida e um outro pouco de vida e.

Que horas são? Milésima vez.

O espaço se tornou muito pequeno.

Meu pé batia na carteira e na mesa da professora. Estava cansado de ficar sentado. Sentar cansa, às vezes. Muitas vezes!

Queria um livro e não tinha.

Olhei para a janela. Via o que passava e o que não passava. Acho que queria, mesmo, era a proteção do meu quintal de antes.

Pedi para ir ao banheiro uma vez,

duas vezes,

três vezes...

A professora Sulmira me disse que era a última vez! Respondi que sim. Tem professora que entende de tudo, menos de gente! Verdade, verdade, achava que ninguém me entendia.

A não ser a Telma.

Sentei. Virei para a direita, para a esquerda. Como é que eu ia saber onde fica o Azerbaijão?

De novo, a janela.

Voei.

Dessa vez, um voo longo. Só retornei quando a professora bateu na minha carteira e perguntou se eu nunca ia cair das nuvens. Me assustei, ri. Ela riu também, e todo mundo riu.

Quando o sinal tocou, foi a correria de sempre.

Queria e não queria ir.

Saí lentamente. Meu irmão grande passou correndo, com o Luís e o Paulinho, e me deu um cascudo. Por que será que eu já tinha que ter nascido com um irmão grande? Às vezes, tinha vontade de dar uma surra no Guilherme, de doer mesmo.

Saí do colégio com a Maria da Graça de um lado e a Luísa Esther do outro. O Paulinho estava esperando na porta para ir com a gente.

•

Fomos rindo pela avenida, falando maluquices, combinando uma grande festa de São João na rua, com fogueira e tudo. As meninas se encarregariam de conseguir pipoca e pinhão; os meninos arrumariam um ou dois pneus e a madeira velha para a fogueira. A Telma, que vinha atrás de nós, não gostou:

– Vocês só conseguem pensar em mulher fazendo comida!

Foi o suficiente para que a Maria e a Esther começassem a brigar conosco.

O Paulinho disse que faria a pipoca, se elas se encarregassem dos pneus e da madeira.

Houve um silêncio.

•

Eu?

Eu só pensava no que seria a tarde. Como seria chegar. Sabe de uma coisa? Odiava chegar depois.

Depois,

ficava tudo em paz, mas chegar onde os outros já tinham chegado era – e ainda é – muito difícil! Ficava todo mundo olhando e eu me sentia, sei lá, me sentia olhado.

●

Minha mãe disse, como sempre, que não podia ir junto, que tinha muita costura para fazer. Eu sabia que tinha e cada vez mais desde que o meu pai foi embora. Mas. Eu queria que fosse.

Se meu pai estivesse lá, eu tinha certeza de que daria um jeito de ir.

Lá na caixa de madeira, na casinha azul, onde meu pai guardava as fotos, tinha uma de quando ele serviu na Cavalaria. UAU! Na foto, ele estava saltando um obstáculo muito, muito alto! Meu pai sempre foi muito corajoso e tudo!

Será que eu também ia ter que saltar obstáculos?

●

Meu irmão grande, rindo da minha roupa de "mocinha", como ele dizia, o Paulinho, a Maria da Graça, a Esther, o Luís e a Guida foram comigo.

A gente pegou o ônibus Hípica, como minha mãe tinha ensinado. Eles riam, trocavam de lugar, riam.

Eu?

Eu, sério. Todo mundo estava me olhando com aquela roupa de mocinha. Eu tinha saudade dos bichos do meu quintal. Meu braço no ferro do banco da frente, meu queixo em cima do braço. Voltei para a minha casa de antes, correndo atrás das galinhas, deitado no chão gelado do banheiro, espiando pelos buracos da porta as avestruzes, para ver se estavam me espiando do outro lado – se estivessem, eu não podia sair –, olhando os pássaros do viveiro grande, os cardeais, os canários, o corrupião que assobiava, junto com meu pai, o Hino Nacional.

O ônibus parou.

– Vamosvamosvamosvamos!!!!!! – disse meu irmão grande. – Não esquece do chapeuzinho – ironizou.

Meu coração disparou como se o meu peito fosse pouco espaço para a sua correria; me deu vontade de vomitar e tudo. Era o diabo do chegar.

•

UAU! O lugar era muito bonito! Era como se fosse um quintal imenso, verde, de cerca branca. Dentro da cerca, pessoas com roupas iguais às minhas andando a cavalo, parando, andando, saltando, galopando, parando. Cavalos bonitos, grandes, pequenos, pretos, marrons, brancos... Tinha um que parecia o cavalo do Tonto, aquele índio amigo do Zorro; era branco com grandes manchas pretas, um appaloosa.

Uns bocados de sol entravam por entre os galhos das árvores. UAU!

UAU! era tudo o que dizíamos, o que conseguíamos dizer. Nossos olhos pareciam apostar corrida de um lado para o outro, querendo captar tudo. As meninas pulavam no lugar com pequenas risadas. Meu irmão grande, o Luís e o Paulinho escolhiam os cavalos maiores e mais fortes. Eu quero aquele! Eu vi primeiro! Olha só aquele! Olha só o salto!

A orientadora Balbina colocou a mão no meu ombro.

6

E o nome dele era Eclipse

Fomos caminhando, lentamente; os outros ficaram. Quer dizer, na verdade, a orientadora Balbina caminhava, eu pulava de puro nervoso, coração pulando comigo, respiração difícil.

Ela perguntou o que eu estava achando. Eu estava achando tudo, mas. Ela não entendia o tudo. Pensei que talvez cada um tivesse um tudo todo seu. Perguntou de novo e de novo respondi: tudo!

Ela perguntou se tudo era bom. Claro que tudo é bom! Para mim, tudo era T-U-D-O!!!

Ela disse:

– Bonito?

Respondi:

– Hum. Hum.

•

Chegamos a um quintal pequeno, uma pista, ela disse. Não que fosse pequeno mesmo, era só menor.

Aquela era a pista da escolinha, mas quando chovia, a aula era no picadeiro fechado, ela disse.

Havia meninos, meninas, grandes e pequenos, havia gente grande e tudo na escolinha, todos aprendendo a montar. Também havia muitos instrutores juntos.

Um menino deitava para a frente, no pescoço do cavalo, e o beijava, beijava, beijava muitas vezes e ria sozinho, babando. Estava olhando para ele quando o professor Marcelo – ele disse que não era professor, que era instrutor – chegou. Olhou para onde eu estava olhando e falou: é o Rafael. Depois, fiquei sabendo que o Rafa tinha síndrome de Down.

O instrutor perguntou meu nome e bateu palmas. Todos olharam para mim – odiava que todos olhassem para mim. Parou tudo:

– Pessoal, este é o nosso novo colega, o Daniel. Vamos dar as boas-vindas a ele!

Todos disseram oi, Daniel! Respondi meio envergonhado, e aquele dia não foi como eu esperava.

Achava que ia montar num cavalo e sair andando, mas aprendi o nome de muitas coisas, por que tinha que usar o capacete e que o chicote não existia para machucar o cavalo. E aprendi a dar banho, a dar água, a dar cenoura na mão e tudo, a levar o cavalo para a baia.

Ele não disse que aquele cavalo não ia ser o meu, nem que ia. Era preto, mas já tinha uns pelos brancos na cara; parecia velho. Não era muito gordo, mas também não era muito magro. Era grande, era um cavalo meio paradão. Onde a gente deixava, ficava. Parecia meio bobo. O nome dele era Eclipse.

A única coisa que perguntei foi por que tinha esse nome. O instrutor disse que era em homenagem a um grande cavalo que tinha vivido no início da história do hipismo, lá no século XVII.

Como olhei para ele achando que tinha cara de século XVII, o que para mim era impensavelmente velho, Marcelo riu e disse que aquele Eclipse tinha sido um grande cavalo e que este também era.

Não precisei levar o Eclipse para a baia. Ele andava solto, sem ninguém puxar a rédea nem nada, andava solto como cachorro anda atrás do dono, sabe? Atrás do Marcelo.

•

Quando pegamos o ônibus de volta, a brincadeira era a mesma, a de trocar de lugar. Brinquei também sob o olhar severo do cobrador. Meu irmão grande parou de debochar da minha calça apertada.

Em casa, minha mãe quis saber como tudo tinha acontecido. Contei. Ela passou a mão na minha cabeça e não disse nada. Se o meu pai estivesse lá, acho que ia me ensinar algumas coisas.

•

Eu bem que estava precisando conversar com o meu pai, assim, de homem para homem. Já disse que gostava da Esther. Mas. Também acho que já disse e quero dizer de novo. Não gostava da dona Luba. Ela era muiiiiiiiito braba! E não gostava do jeito que tratava a Esther apenas porque – com muitos erres – era – com muitos erres ainda – só avó, como dizia. E não gostava, decididamente, não gostava de mulher que tinha bigode e barba, nem gorda e vermelha, nem que falasse arrastado, nem que colocasse muitos erres onde não existiam. Mas.

Gostava da Luísa Esther e, no outro dia, na casinha azul, aconteceu uma coisa. Bom. Foi assim. Eu chamei a Esther para ver o que tinha lá dentro, o que ainda tinha ficado desde que o meu pai tinha ido embora. Eu estava mostrando o rádio de caixa de madeira e de olho verde e o rosto dela chegou muito perto do meu rosto e eu fiquei meio estranho, sem saber muito o que dizer. Mostrei o rádio, e o rosto dela próximo ao meu, e eu fiquei sem saber o que fazer. Senti a respiração dela na minha respiração, e não sei como ou sei como, não sei, a gente se beijou na boca. Aí, eu queria mais um beijo, mas. Ela fugiu. Gritei: "Me desculpa!". Ela não respondeu.

Agora, não sei se a gente é namorado, nem sei se beijei direito, que ninguém ensina essas coisas; a gente aprende porque aprende.

"E se eu falasse com o meu irmão grande?", pensei.

"Melhor não", pensei.

Eu queria que ela fosse minha namorada, mas não sabia como tinha que dizer isso. E se eu falasse para o meu irmão grande, ele ia ficar rindo de mim. Nele, eu até podia dar um soco, mas. Eu não sabia se tinha e achava que não tinha coragem de enfrentar a dona Luba, que ia ficar mais vermelha ainda e que ia falar para a minha mãe, que ia falar para a tia Alaíde, que ia falar para a dona Lula, que ia falar.

Melhor não!

E se a gente namorasse escondido?

Eu também nem sabia se a Esther queria mesmo namorar comigo. Por que ela ia querer, se o meu irmão era maior e muito mais inteligente do que eu? E se ela quisesse e a gente fosse morar na casinha azul? Que dã!!!!

Melhor não.

O Paulinho também estava apaixonado pela Maria da Graça, mas não sabia como chegar, e ele tinha que enfrentar o Luís, que, de todos nós, era o mais alto e o mais forte. Um dia, briguei com ele, ele me jogou no chão e eu chorei. Não era dor de dor. Era dor de raiva de mim.

Agora eu também estava com dor de raiva de mim.

7

Por que não fazes como o Guilherme?

Nem preciso dizer que as coisas, no colégio, começaram a ficar complicadas, pelo menos nas terças e quintas-feiras, bem quando tinha aula de Matemática. Eu não queria que existissem as manhãs. Queria que existissem apenas as tardes para eu montar o Eclipse.

A Telma me ajudava a estudar, ajudava mesmo! A Maria e a Esther também, mas a Telma, mais. Ela era engraçada, tínhamos todos a mesma idade, porém, às vezes, ela parecia tão mais velha que nós!

O Luís, o Paulinho e a Maria achavam que ela gostava de mim. Eu não conseguia perceber isso, me achava tão porcaria perto dela e das coisas todas que ela sabia. Mas. No fundo, no fundo, gostava da ideia de que ela gostasse de mim.

Às vezes, quase não dormia, pensando nela. Como seria pegar a mão dela? A Telma tinha as mãos grandes, de unhas largas sempre pintadas com um esmalte transparente. Como seria fazer carinho no rosto dela? Eu daria um beijo naquela pinta grande e preta que tinha acima do lábio. Como seria beijar a Telma? Quando eu pensava nisso, também pensava: sai pensamento! Eu gosto da Esther e a Esther gosta de mim.

Não! A Telma não era bonita nem nada. A Esther era. A Telma também não era feia. Eu não achava! Ela tinha o cabelo crespo, curto, cabelo ruim, ela dizia. Mas de novo. Tinha alguma coisa nela que me dava paz e me deixava nervoso.

•

Eu estava dizendo que nem precisava dizer que as coisas no colégio passaram a se complicar. Eu estava começando a descobrir outras coisas de mim e da vida e não sabia muito o que fazer com essas coisas de mim e da vida que estava descobrindo. As janelas da sala de aula começaram a ficar maiores e maiores. Minhas notas, menores e menores.

A professora Sulmira veio conversar comigo como se fosse minha amiga. Odeio quando as pessoas pensam que são muiiiiito minhas amigas e. Mandou que eu estudasse mais. Que eu precisava descobrir o mundo. Quando falava no mundo, era no mundo mesmo! E girava o globo terrestre pra lá e pra cá, enquanto, com a outra mão, limpava o batom vermelho que tinha grudado nos dentes.

– Baku! – respondi.

Ela, primeiro, meio que ficou braba; depois é que entendeu que eu estava respondendo a uma pergunta feita no primeiro semestre e que não tinha respondido:

– A capital do Azerbaijão. Clima subtropical, seco nas montanhas e úmido nas planícies.

Ela deu uma risada. Ri também.

Ela disse:

– É isto! Tens que continuar estudando! – E passou a mão na minha cabeça.

Odiava quando passavam a mão na minha cabeça! Mas. Concordei, mesmo sabendo que a capital do Azerbaijão e seu clima eram as únicas coisas que eu sabia.

Depois,

foi a vez da professora de Religião:

– Deus ajuda sempre, meu filho.

Eu não era filho dela, por que tinha que falar comigo assim?

Lembrei quando a dona Lula disse que Deus ajuda quem cedo madruga e repeti a frase. A professora de Religião ficou feliz, e eu, surpreso comigo.

Depois do depois,

veio a de História, a de Ciências, a de Matemática, que insistiu que eu não tinha jeito mesmo, até a de Português veio, porque se eu era bom em redação, era muito ruim em análise sintática e suas regras. Por que mesmo eu tinha que pensar que conjunção era conjunção, e preposição, preposição?

Minha cabeça era uma reclamação só, e o meu irmão grande era sempre a referência. Nunca ouvi tanto: "Por que não fazes como o Guilherme?". Nunca respondi que eu não era o Guilherme, que eu era burro e esperto. Só isso. Tinha coisas – ainda tem – que eu pensava e não dizia. Não! Antes eu dizia, sim, e estava sempre na secretaria de castigo. Agora, eu estava ficando grande, eu não dizia.

Chamaram minha mãe no colégio. Que isso. Que aquilo. Que aquilo outro. Ela me olhava com carinho e com raiva.

•

Eu não disse ainda, mas o Eclipse passou a ser o meu cavalo. Era de outros também, mas passou a ser o meu cavalo. Agora, eu achava bonita a cara de cavalo velho que tinha, gostava até do jeito molengão de caminhar. Bem que a dona Lula tinha dito que quem ama o feio, bonito lhe parece. Ele não parecia bonito, ele ERA bonito. Quando eu pisava nas cocheiras, fazia um barulho seco com a boca. Ele nem me via nem nada, mas sabia que era eu e relinchava. Eu abria a porta da baia e ficava parado. Ele me puxava, pela camiseta, para dentro, deitava a cabeça pesada no meu ombro e fechava os olhos. Eu também fechava os meus. Ficávamos assim um tempo, e eu ficava feliz assim um tempo.

Depois – e passou a ser sempre desse jeito –, eu saía da baia, ele vinha atrás. Como o passo dele era maior do que o meu, passava por mim e ia longe, longe. Então, ele se dava conta de que eu tinha ficado para trás e voltava correndo. Parecia que ia me atropelar e tudo! Eu, às vezes, fechava os olhos, e ele vinha e parava na minha frente, olhando para mim e. Começava tudo de novo, ia atrás de mim e, como o passo dele era maior do que o meu, passava por mim e ia longe, longe e. Verdade, verdade, no começo eu tive medo, sim. Depois, não. Confiei nele do mesmo jeito que ele confiava em mim.

O Rafael, quando estava lá, ficava parado, olhando, com as mãos no rosto, abria uma fresta entre os dedos e dava risada. A meninada da rua ficava enlouquecida. Até meu irmão grande ficava enlouquecido!

•

Com o tempo, começamos a saltar os obstáculos.
É.
Não era assim saltar, saltar. Eles eram bem baixinhos, era quase só o Eclipse passar a perna comprida e passar, mas, lá em cima, quando ele dava o impulso, eu ficava muiiiiiiito no alto!

Meu irmão grande saltava obstáculos muito mais altos sem cavalo; o Luís, o Paulinho, a Maria, a Esther e a Guida também. Eu não me importava. Eu tinha o Eclipse, outros tinham também, em outros horários da escolinha, mas. O Eclipse era meu, e o mais importante de tudo: ele sabia que era meu e que eu era dele e da Esther.

Um dia, convidei a Telma para ir comigo à Hípica. Ela disse que ia. Nunca foi.

•

Telma me emprestou *Capitães da areia*, do Jorge Amado. UAU! O livro foi um soco no meu estômago! Por tudo! Pela miséria do grupo, que morava embaixo do trapiche, pelo Sem Pernas, pela maldade dos adultos.

Que tem gente boa neste mundo, tem. A dona Lula e a professora Bernadete, de Religião, tinham dito isso, mas. Que tem gente má! Ah, isso tem!

Chorei, disfarçando com espirro e tosse, quando a Dorinha morreu. Coitada dela! Coitado do irmão dela, o Zé Fuinha, coitado do Pedro Bala, que deve ter chorado escondido muito mais do que eu.

Eu?

Eu queria mesmo era a coragem do Pedro Bala. O pai dele também tinha morrido. Mas eu achava que estava mais para o Professor, ia ficar lendo e contando histórias para o bando. Era o que eu achava.

Depois da aula, a Telma e eu ficamos sentados na escada do colégio, falando sobre isso. Isso do livro! Isso de ter gente que não tem o que comer. Isso de chances na vida. Fiquei meio triste. A Telma era mais forte. Ela também queria ser como o Pedro Bala, só que mulher, mas disse que o mundo precisava de gente como o Professor, que lia, que contava histórias, que inventava histórias. Gostei muito do que ela disse. E era verdade. O mundo precisava, sim, e sempre vai precisar.

8

Fazia da gente uma grande família

Fizemos a festa de São João. Todo mundo ajudou. Tinha bastante madeira velha nos quintais das casas e, de repente, quando a gente nem esperava, aparecia mais. O pai da Guida e do Jorge trabalhava na borracharia da esquina e trouxe dois pneus. O meu irmão grande, o Paulinho, o Luís e mais uns meninos, os lá de cima da rua, e eu, claro!, montamos a fogueira. Ficou enorme!

Verdade, verdade, ficou grande, mas. Não ficou enorme. É que eu me dei conta, naquele mesmo dia, que tinha ficado grande também.

A dona Nair fez um panelão de quentão com a ajuda do seu Gabriel. Cada mãe fez um pouco de pipoca, de pinhão, de um monte de coisas.

Dona Lula levou uma bacia cheia de água e um pacote de velas brancas, amarelas e vermelhas. Era para as pessoas pingarem a cera na água da bacia e descobrir com que letra começava o nome do seu amor. Eu não gostava dessas coisas de futuro. Eu nem sabia nada de presente. Todo mundo dizia que eu vivia nas nuvens! Mas as meninas e as moças vibraram quando a dona Lula, magrinha e encurvada, muito preta e com um lenço colorido nos cabelos brancos, ajeitou um banquinho, a bacia e as velas.

O Luís fez a lista dos meninos que iam pular a fogueira. Foi perguntando o nome de um por um, até dos lá de cima.

Pensei que sim.

Pensei que não.

Pensei que sim e.

Chamei o Luís e pedi para pôr o meu nome na lista.

Ele riu, achando que era brincadeira. Meu irmão grande disse para eu me enxergar. Eu estava me enxergando. Faltava muito, muito pouco para que o meu ombro estivesse na mesma altura do dele. Sei lá quando isso tinha acontecido. Mas. Tinha acontecido. Eu também era grande. Pedi para colocar o meu nome. O Guilherme me empurrou e disse que ia contar para a mãe. Não sei bem explicar o que aconteceu comigo: também empurrei o Guilherme:

– Então, conta!

Não foi contar.

O Luís pôs o meu nome na lista. Fiquei com medo, confesso, senti um frio danado no estômago, mas também fiquei corajoso e, pela primeira vez, acho, com orgulho de mim. Não por pular a fogueira, mas. Foi por ter decidido pular a fogueira.

As meninas lá de cima da rua resolveram fazer uma tenda de beijos pagos. A dona Lula disse que só podia ser na bochecha, que moça que fica beijando todo mundo não pode ser boa coisa. As meninas riram, como se não as levassem a sério. Dona Lula não riu, olhou no olho de cada uma delas e disse:

– Mulher sem-vergonha é pior do que peçonha.

UAU! Ainda bem que a Telma não estava lá para ouvir isso!!!!!
A Vera bem que tentou explicar que não era mais tão assim, que os tempos tinham mudado, mas a dona Lula não deu chance nem nada. Virou as costas e foi andando com seus passos magros e lentos, resmungando. As mulheres ainda não sabem que mato tem olhos, e paredes, ouvidos.

Estava decidido, nem um mas, nem dois mas. Era um beijo pequeno e rápido no rosto. Só isso.

Gostei da decisão. Não por mim, que queria beijar todas na boca, se tivesse dinheiro para comprar os beijos. Na verdade, não ia beijar ninguém, porque não ia pedir dinheiro pra minha mãe para isso. Primeiro, porque ela não tinha nunca nenhuma droga de dinheiro; depois, porque ia ter que ouvir dela que eu ainda era criança, e eu odiava quando alguém me dizia que ainda era criança. Criança para umas coisas! Grande para outras coisas! Na hora do beijo eu ia ser criança, na hora de ajudar a limpar o campinho eu ia ser grande!

Ah! Eu estava dizendo que gostei da decisão. Às vezes sou meio egoísta mesmo, mas não foi por isso que gostei. Gostei porque logo pensei na Esther. E se ela decidisse participar da brincadeira e se todos quisessem beijar a boca da Esther? Eu ia ficar louco de raiva! Eu ia ficar muito infeliz! Acho que era ciúmes o tal monstro de olhos verdes. Tinha que achar um jeito de dizer para a Esther que não queria que ela deixasse ninguém beijá-la na bochecha, mas como?

•

Quando tudo parecia pronto e combinado, quando só faltava escurecer mais um pouco para acender a fogueira e o Colmo jogar uns foguetes para o ar, olhei lá para baixo, para o início da rua, e tive de rir. Vinha uma moça, cansada, encurvada, trazendo no ombro um pedaço grande de madeira para a festa. Pelo cabelo crespo, pelas mãos grandes e o jeito de caminhar, não podia ser outra pessoa; só podia ser a Telma. Pensei em sair correndo, ir ao encontro dela para pegar a tábua, mas. Conhecendo como a conhecia, sentei no cordão da calçada, na frente do campinho, e fiquei esperando. Ela não precisava de ajuda, e mesmo que precisasse, diria que não.

Ela já tinha lido uns livros sobre o que é ser mulher e acreditava muito numa escritora chamada Simone de Beauvoir. Até queria que eu lesse um livro chamado *Memórias de uma moça bem-comportada*, mas esse eu não quis. A Telma adorava uma coisa que a escritora tinha dito: que não se nasce mulher, torna-se mulher.

Eu não entendia muito disso.
Não.
Eu não entendo ainda nada disso, nem isso o que essa Simone disse e a Telma adorou, mas, mesmo sendo burro, eu achava que carregar uma tábua e não trazer a comida, como ela disse que não ia fazer, queria dizer que ela estava se tornando uma mulher. Uma mulher especial.
A Telma não era bonita nem nada, acho que eu já disse isso. Tinha uma cara até meio feia, mas eu não achava, e um nariz de pardal, mas de novo tinha um corpo bem bonito e já usava sutiã e tudo.

A Telma era sim uma mulher e uma mulher especial, porque sabia muito mais coisas da vida do que eu. Eu gostava dela. Mas. Minha namorada ia ser – não ia passar daquela noite, mas como? – a Esther.

A Esther era pequeninha, delicada, tinha cabelo comprido meio louro, meio escuro e olhos verdes. E gostava de mim. Ela era divertida e me divertia. Ficava triste quando eu estava triste, e falava mal de todo mundo quando eu ficava brabo, e também não gostava do meu irmão grande, porque ele vivia implicando comigo. A Esther era a mulher da minha vida.

A Telma jogou a tábua nos meus pés. A gente riu, porque ela estava fazendo o que tinha dito que ia fazer e porque acreditava no que estava fazendo; eu porque gostava de gente que acreditava no que estava fazendo. Meu pai acreditava. Colocamos juntos a tábua na fogueira, enquanto a Esther, a Maria da Graça, a Guida e as meninas lá de baixo cortavam os papéis para os bilhetes.

Seu Gabriel conseguiu emprestado com o padre da Santa Terezinha um aparelho de som. Além dos bilhetes – eu podia escrever um para a Esther e perguntar se ela queria namorar comigo! Sempre fui melhor escrevendo do que falando! Era isso! –, as pessoas também podiam dedicar músicas para as pessoas de quem gostavam. Isso eu não ia fazer porque todo mundo ia ficar sabendo. Mas. E se ela lesse o que eu tinha escrito e respondesse *não*?

•

O Luís trouxe a gasolina. Foi difícil fazer o fogo pegar e, de repente, sob gritos e aplausos, a fogueira começou a arder. Os fogos de artifício que o Colmo jogava contra o céu escuro pareciam lágrimas coloridas, e lágrimas coloridas só podiam ser de felicidade!

O rosto das pessoas, iluminado pela fogueira, esperando o estouro e as luzes dos fogos, ficava muito bonito. Até o da dona Luba ficava. As pessoas sorriam.

Fui correndo até a minha casa para chamar minha mãe, só que ela não quis ver. Disse que ia ficar costurando.

A pipoca, o pinhão, o quentão, era tudo de graça, e a gente comia como se o mundo fosse acabar naquela noite de São João. Os meninos atiçavam o fogo e olhavam para as meninas, que, disfarçadas, retribuíam com risinhos maliciosos. Dona Lula estava a postos com sua bacia, suas velas, seus mistérios. Dona Sulmira, que alguém convidou, apareceu por lá e ficou responsável por cuidar dos bilhetes. O Kiko, irmão pequeno da Guida, era o pombo-correio, era quem devia entregá-los.

No começo, ninguém chegava à mesa. Primeiro, porque era a dona Sulmira; depois, porque – dã! – se alguém fosse sozinho, não ia nem adiantar não assinar o bilhete, que todo mundo ia saber de quem era.

As moças e as mulheres solteiras e separadas da rua não saíam da volta da bacia e das velas que transformavam seus pingos em letra colorida. Dona Lula parecia orgulhosa.

No começo, de novo, fiquei com os meninos, e a Telma, com as meninas.

Depois.

Depois,

começou a ficar meio chato. Eles, principalmente o Luís e o Guilherme, ficavam dizendo que iam fazer isso e aquilo, que eram os melhores, os mais fortes e não tinham coragem de fazer nada.

Depois,

vi a Telma, que também devia estar achando a conversa das meninas meio boba, sentada sozinha numa pedra e fui sentar perto dela.

O Jorge foi o mais corajoso, dedicou uma música que falava de amor e tudo para a Cleonice, a namorada dele. E eles se beijaram na frente de todo mundo, e todos bateram palmas.

Meu irmão grande se animou e dedicou uma música para a Maria da Graça. Todo mundo bateu palmas, mas o Luís ficou louco da vida, até soco deu. Foi bom e foi ruim. O olho do meu irmão grande ficou meio vermelho, e isso foi ruim, mas a Maria da Graça ficou cuidando dele o resto da festa, colocando um pedaço de carne que a dona Nair pegou em casa, e isso foi bom. O Guilherme estava feliz e doído. O Paulinho é que não ficou muito bem, ficou louco de ciúmes.

As meninas foram em bando para a mesa dos bilhetes. A dona Sulmira organizou tudo. Elas riam e olhavam para os meninos, que continuavam juntos. Meu coração ficou inquieto. A Esther estava lá e ia escrever para alguém.

Perguntei para a Telma se ela ia escrever um bilhete. Ela jogou a cabeça para trás e deu uma risada, disse que não e que o quentão estava muito bom; ia tomar outro.

A tenda dos beijos começou a funcionar. Por enquanto, só as meninas lá de cima estavam na tenda. O problema é que o beijo era muito caro e os meninos não se mexiam, ficavam só olhando. No meio da festa, o preço caiu pela metade. Não adiantou. A fila só ficou grande quando o beijo na bochecha passou a ser de graça. O Luís e o Paulinho iam e voltavam na fila. O Paulinho só ia e voltava porque estava brabo com a Maria da Graça.

O Kiko bateu nas minhas costas e me entregou um bilhete.

Fechei os olhos para não te ver
e a minha boca para não dizer.
E dos meus olhos fechados desceram lágrimas
que não enxuguei,
e da minha boca fechada nasceram sussurros
e palavras mudas que te dediquei...

Só podia ser da Esther! Pelo jeito que ela me olhava. Meu coração disparou. Só podia ser da Esther, apesar da letra disfarçada. Meu estômago deu um nó. Guardei no bolso. Agora era a minha vez. Tinha que fazer alguma coisa, dizer alguma coisa.

Como?

E elas não saíam umas de perto das outras. Não sabia o que ia responder para a Esther – e ela ali, tão perto, talvez esperando que eu dissesse alguma coisa! –, eu não sabia nenhum verso de cor, nem o "para ser grande, sê inteiro" eu sabia! Pensei muito. Tinha que ser simples, direto, como homem. Eu ia escrever:

Eu também.

Levei um susto quando a Telma perguntou por que eu estava tão pensativo. Não ia contar isso pra ela! Respondi que não, que nada. Ela foi buscar pipoca.

Levantei.

Sentei.

Levantei.

Sentei.

Levantei.

Quando estava decidido a ir lá e dizer no ouvido dela que eu também, dona Nair chamou todo mundo para fazer uma roda em volta da fogueira e cantar músicas de São João. Eu não gostava dessas coisas nem nada, mas. Dei uma mão para a Telma e a outra, não sei como, para a Esther. Ela devia estar sentindo que eu estava tremendo. Eu não cantei. Até o padre Ernesto, que era sisudo, participou da roda.

O Kiko veio me entregar outro bilhete. Não abri. Sabia que era da Esther, pisquei para ela em cumplicidade, ela riu e guardei o bilhete no bolso. A roda, em volta da fogueira, fazia de nós uma grande família. Só faltavam a minha mãe e o meu pai.

9

Que sim, que sim. Que não

Depois que a roda terminou, algumas pessoas começaram a ir embora. O Paulinho ficou com a Maria da Graça. O Guilherme e o Luís fizeram as pazes e ficaram com as meninas lá de cima. Dona Luba levou a Esther sem que eu tivesse tido a chance de dizer que eu também. O que ela ia pensar de mim agora? A Telma desapareceu. Nem vi quando foi embora. Fiquei sentado na pedra, pensando em como ia salvar esta porcaria que era a minha vida.

De repente, a fogueira começou a cair. Havia pouca gente. As tábuas iam desmanchando em carvão. As meninas já tinham ido embora. O Colmo já tinha baixado o som. Até as moças lá de cima tinham ido dormir. A bacia da dona Lula ficou atirada no chão com uns tocos de vela. Os papeizinhos dos bilhetes rolavam pelo chão. A rapaziada vinha vindo para perto da fogueira, uma fogueira cada vez mais derrubada, cada vez mais fraca. Estava chegando a hora da coragem. Quem estava na lista tinha que pular.

O Luís, o meu irmão, o Jorge e os outros estavam prontos. Perdi a vontade. Eu era assim mesmo. Talvez ainda seja. Às vezes, me dava conta de que o que parecia importante não era importante para mim, e não era importante, para mim, pular a fogueira, apesar de as minhas pernas estarem muiiiiiiiito mais compridas do que no ano passado. No ano passado, eu acho que era importante. Levantei e fui saindo.

Os rapazes começaram a me chamar, a turma de cima e a turma de baixo da rua, mas. Eu não queria. Podia ouvir o Guilherme me chamando de covardão e tudo e podia ouvir a risada deles, mas. Não virei. Não era covarde.

Ou era?

Eu achava que não. E ainda acho. Eu só não queria pular a fogueira.

•

A porta estava encostada. Como cheguei primeiro, fui para a cama de cima do beliche. Minha mãe já estava dormindo. Deitei de roupa e tudo.

Estava meio chateado comigo. Devia ter feito um monte de coisas.

Devia ter ido falar com a Esther depois do bilhete.

Devia ter ido lá, no meio das meninas mesmo, e devia ter dito que eu queria falar com ela.

Devia ter dito "eu também".

Não!

Devia ter dito "eu também gosto de ti e quero ficar contigo e quero namorar contigo". Devia ter escolhido uma música pra ela. Devia ter pego a mão dela. Devia ter beijado. Devia...

Eu nunca fazia nada direito, era muito envergonhado, muito inseguro, muito burro. A verdade é que eu só ficava nas nuvens em vez de fazer alguma coisa de verdade. Precisava mudar. Mas.

Como?

Botei a mão no bolso e encontrei o outro bilhete da Esther. Louco da vida comigo mesmo, acendi a luz.

O poema é do Mário Quintana, mas o poema, como as cartas de amor – e o Fernando Pessoa tem razão –, colocado assim, é ridículo. Telma

Levei um susto! Meu coração disparou, não conseguia nem respirar. A Telma! A Telma! Eu tinha guardado o bilhete! Eu não tinha nem lido. Ela devia ter ficado muito braba. Por isso tinha ido embora! Eu tinha que falar com ela. Tinha que falar com a Telma. Eu tinha que dizer que. Dizer o quê? Que sim, que sim. Que não. E a Esther? Apaguei a luz, deitei. Não conseguia parar quieto. Meu coração não parava de pular. Eu virava para um lado e para outro. Eu queria a Telma. Mas e a Esther? A Esther, eu gostava dela desde pequeno. Todo mundo sabia. Eu sabia. Mas de novo. Eu queria a Telma. E eu não sabia. Cruzei os braços embaixo da cabeça e fiquei olhando para o teto que não enxergava.

Quando o Guilherme chegou, era quase manhã. Ele deitou, bateu com o pé na minha cama e disse que tinha vergonha de mim e perguntou quando é que eu ia deixar de ser um panaca.

Não respondi. Chorei. Era um panaca mesmo e não conseguia enxergar nada nada nada.

•

Os dias que se seguiram foram piores do que os piores. A Telma não falava mais direito comigo. Parecia que eu nem era eu nem nada. A Esther estava igual. Eu não estava igual.

A verdade?

Eu estava me achando uma grande droga, e a minha vida era uma grande droga de vida!

•

Ainda bem que o Paulinho era meu amigo. Contei tudo pra ele. Ficou sério. Não riu. Não debochou. Pensou um pouco e depois disse que achava que eu não devia fazer nada agora, que devia esperar um pouco e que na hora certa eu ia saber o que fazer. Eu gostava disso no meu amigo. Era a única pessoa que me entendia e que me respeitava. Tinha sido sempre assim. E ele sempre sabia o que me dizer e. O principal: jurou que não ia contar nada pra ninguém, nem para a Maria da Graça.

Ainda bem, também, que eu tinha o Eclipse, que não era meu, mas era meu.

•

O Marcelo decidiu que já estava na hora de começarmos a entrar em prova. UAU! Eu ia saltar de verdade com o meu cavalo!

Quer dizer, não era saltar, saltar. Não era muito alto!

Nem era alto.

A prova era de vinte centímetros, mas lá de cima do cavalo tinha que ter muita coragem. Ficava bem alto!

Fiquei nervoso quando ele disse:

– Domingo, na prova da escolinha, às nove.

Também estava meio nervoso porque as minhas notas, no terceiro bimestre, estavam cada vez piores. Menos a de Português, a de Educação Física e a de Religião. A de Religião, porque a professora gostava de mim. Das virtudes, descobri, eu era o amor. Meio engraçado descobrir isso.

Minha mãe já tinha ido ao colégio de novo, e o conselho de classe já tinha acabado comigo. Estava indo de mal a pior. A professora Neusa andava dizendo que ia conversar com a orientadora Balbina, porque esse negócio de cavalo, em vez de ajudar, estava era atrapalhando.

Quer saber?

Odiava a professora Neusa e essa coisa de conselho de classe.

•

No domingo, a gente levantou muito cedo. Foi todo mundo: a Esther, o Paulinho, a Maria da Graça, o Luís, o Guilherme, a Guida, a orientadora Balbina, minha mãe, até o Jorge e a Cleonice. Era a minha torcida.

Quando a gente passou pela porta da casa da dona Lula, e vinha lá de dentro um cheiro de vela queimando, ela me deu um beijo de boca murcha, desdentada, e disse baixinho, enquanto me abraçava:

– Filho, só pode ganhar quem tenta, e não esquece nunca que perder também pode ser ganhar.

Eu não sabia, não naquela hora, não sabia do que ela estava falando. Só muito mais tarde é que fui entender mesmo.

A gente lotou meio ônibus e tudo! O cobrador levantou o polegar e me desejou boa sorte. O pessoal gritava:

– É campeão! É campeão!

•

O Marcelo me emprestou um casaco e a gravata, que eu não tinha. A orientadora Balbina me deu um pregador de gravata em forma de ferradura e disse que dava sorte. Era prateado. Era bonito.

Faltavam duas pessoas: a Telma e o meu pai.

O Eclipse também estava bonito e, quando ouviu a minha voz, começou a relinchar.

– É hoje – eu disse no ouvido dele. Acho que entendeu.

•

A prova da escolinha era a primeira e a mais alegre também. Os pais tiravam fotos, filmavam, gritavam, riam. Parecia uma grande festa, e eu não estava nela. Eu era parte dela, assim como o Guilherme e a minha mãe.

O Eraldo, locutor das provas, cumprimentou o público, os cavaleiros e as amazonas e liberou a pista para reconhecimento.

Éramos doze atrás do Marcelo, que ia com a mão no ombro do Rafael. A gente tinha que decorar – DECORAR!!! – os obstáculos, a ordem dos obstáculos. Mas. Se cada um tinha um número – a vertical simples era o 1, o duplo era o 2, a cancela, o 3, e depois o 4, e o cinco, até o 10 –, era só olhar os números, ora! Mas. Marcelo insistia e fazia a gente dizer mil vezes como era a pista.

Depois,

a gente tinha que contar os passos com um passo bem grande. Assim ó:

entre um obstáculo e outro, cada passo bem grande da gente era um galope do cavalo. E no duplo, entre os dois obstáculos, era para dar um só lance.

Prestei muita atenção!
Prestei muita atenção!
Prestei muita atenção!

Quando o Marcelo perguntou se tínhamos decorado a pista e se fechando os olhos conseguíamos ver a pista e todo o percurso, respondemos que sim, e o Rafael bateu palmas.

Então o Marcelo nos levou para o picadeiro, pra gente fazer o aquecimento. Trotamos, saltamos, saltamos... Ele gritava bom ou ruim, presta atenção! E o Eclipse espumava.

Primeiro foi o Ricardo,
depois a Paula,
depois o Rafael,
depois.

O Marcelo me levou até a cancela. Ficamos esperando que o outro menino terminasse a pista. Fiquei com vontade de vomitar. O Marcelo pediu que eu me acalmasse, que não precisava correr. Era só fazer a pista direitinho, um obstáculo de cada vez.

Então
pude ouvir a voz do Eraldo:

– Senhoras e senhores, temos o prazer de apresentar o cavaleiro Daniel em sua primeira prova. O jovem cavaleiro tem doze anos e vem montando o experiente Eclipse, cavalo que traz em seu currículo o título de campeão brasileiro sênior.

Fiquei parado.

– Anda! – gritou o Marcelo.

O sino tocou.

A prova começou.

Vontade de vomitar.

Era só fazer a pista direitinho.

Tinha que ir para o primeiro obstáculo, mas. De repente, um outro surgiu na minha frente!

– Para a direita! Para a direita! – gritava o Marcelo.

Mas de novo.

O Eclipse saltou.

De novo o sino. Duas badaladas: eliminado.

Saí da pista chorando.

O Marcelo disse que não era nada, que no outro domingo ia dar certo, que tinha sido só a primeira experiência. Todo mundo me abraçou e eu me senti um fracasso, mas o Paulinho disse que eu pulei aquele obstáculo muito bem.

•

Verdade, verdade, passaram a ser assim os domingos. Um suplício. Eliminado por erro de pista.

Dia 12 de outubro: eliminado. Campeonato.

Dia 13 de outubro: eliminado.

Eu me esforçava.

Eu decorava.

Eu errava.

Era para a direita, eu ia para a esquerda.

Era para ir para o quarto, eu ia para o nono.

•

A minha torcida ainda foi outras vezes. Depois, foi desistindo, e eu nem podia ficar brabo nem nada. Só o Paulinho ia, que amigo do peito é assim mesmo, aconteça o que acontecer.

Pensava em desistir. Não queria mais. Mas. Fazia um barulho seco com a boca e o Eclipse relinchava me reconhecendo, me chamando.

Às vezes, nas segundas, nem era dia de montar nem nada, e eu ia sozinho para a Hípica e tirava o meu cavalo da baia, e a gente ia caminhando, daquele jeito que eu já falei, lá pra baixo, depois do campo de polo. Eu tirava a guia dele e o deixava solto, e ele ia longe e voltava e ficava comigo; ia, voltava, arredondava o rabo e dava coices no ar, como se fosse um cavalo muito, muito novo.

Tudo bem que eu não tinha mais bichos no meu quintal. Tudo bem que eu já nem ia lá mesmo, só quando precisava ir ao banheiro. Tudo bem que tudo isso, mesmo que nem tudo fosse tão bem assim. Mas eu nunca ia abandonar o Eclipse.

10

Porque um dia existe então

Dia 20 de outubro: eliminado. Prova.

Dia 26 de outubro: eliminado. Prova. Campeonato.

Dia 27 de outubro: eliminado.

Dia 3 de novembro: eliminado. Prova.

Dia 10 de novembro: eliminado. Prova.

Dia 17 de novembro: eliminado. Prova.

Dia 23 de novembro: eliminado. Prova. Campeonato.

Dia 24 de novembro: eliminado.

Dia 1 de dezembro: eliminado. Prova.

Dia 7 de dezembro: eliminado. Prova. Campeonato.

Recuperação no colégio. Menos de Religião, de Português e de Educação Física.

Dia 8 de dezembro: eliminado.

O Marcelo já ria quando eu entrava na pista. Todo mundo sabia o que ia acontecer. Até eu sabia! Meio ano eliminado, semana após semana.

Aterrissa, Dani, onde está tua cabeça? Nas nuvens?

Dia 15 de dezembro: então, simplesmente porque um dia existe então, o Eraldo anunciou com voz grave, de locutor de rádio:

– Senhoras e senhores, acaba de adentrar à pista o cavaleiro Daniel, montado no experiente Eclipse.

Cumprimentei o júri e coloquei o Eclipse no galope. O sino tocou e eu pulei o primeiro, o segundo, o terceiro; comecei a rir; o quarto, eu ria como um louco, o quinto e...

Completei a pista!

Completei a pista!

Eu completei!

Foi uma vibração só. Eu não conseguia parar de rir. Os pais aplaudiam, os meninos da escolinha aplaudiam, o Rafael pulava e gritava.

Eu?

Contente.

Nervoso.

Suado.

Contente.

Rindo.

Cansado.

Eu consegui!

Não!

Não ganhei a prova nem ganhei medalha nem nada. Era uma coisa dentro de mim. A dona Lula tinha dito que às vezes perder é ganhar. Tinha sido isso! Era dentro de mim.

•

O Paulinho e eu voltamos para casa, rindo muito no ônibus. Assim: de tudo e de nada. Eu consegui! E logo a notícia se espalhou pela rua. A Esther veio correndo me dar um abraço, o Luís, a Guida. Pensei que seríamos amigos sempre. Até o Guilherme teve que lidar com isto: eu fiz a pista completa! Quando me abraçou, tive a sensação de que o meu ombro estava na mesma altura do ombro dele!

No fundo, no fundo, eu sabia que aquilo tudo era só o início, que tinha outras coisas urgentes para resolver na vida, a começar pela tortura das recuperações.

Depois,

depois da alegria toda, sentei no degrau da porta da cozinha e fiquei olhando para o meu quintal. Ele parecia, agora, menor do que sempre tinha sido. Olhei para cima, as nuvens estavam carregadas. Gotas grossas começaram a espalhar um cheiro bom de terra úmida. Se houvesse mesmo céu, aquele céu, meu pai ia estar lá, rodeado de bichos, feliz com o que tinha acontecido hoje. E, porque pensei, fechei os olhos com muita força e tive com ele uma conversa nossa, de homem para homem. Começaria a resolver minha vida pela Telma, eu disse, porque era amor, e eu começava a descobrir em mim o amor a querer se oferecer em suas luas inquietas pintadas de verde.

Peguei um casaco, disse para a minha mãe que já voltava. Ela perguntou aonde eu ia. Respondi, quase sem pensar, que ia ver a Telma. Ela não disse nada, nem precisava. Pela primeira vez pude perceber, nos olhos da minha mãe, um olhar que conhecia, mas que nunca tinha sabido ler: um olhar de cumplicidade. Joguei um beijo e ela respondeu.
Bati a porta e fui caminhando lentamente.
Olhei de novo para o céu carregado. Agora eu estava calmo. Começaria a resolver minha vida pela Telma.
Como?
Eu já sabia.

A autora

© Neiva Kampff

Eu vou contar, primeiro, sobre o dia em que decidi ser escritora.
Naquela época, adolescente, eu participava do grupo de teatro do Instituto de Educação, o famoso Tipie, e, em uma das peças, eu era o Joãozinho ou o Pedrinho (e eu odiava ser Joãozinho ou Pedrinho! Queria ser princesa, rainha, Rapunzel, jogar as tranças! Mas. Se houvesse bicho seria pior: era meu destino ser girafa) e meu papel me exigia apenas uma frase: "Conta-nos, conta-nos, fada, a magia é de encantar!". E só Deus sabe como foi decorada e ensaiada e ensaiada e ensaiada e. É que, diferente de tudo o que já havíamos feito, a peça seria apresentada na Feira do Livro.

Conforme o dia da apresentação ia chegando, com ele chegava um nervoso feito frio de montanha-russa no estômago. Era o teatro, mas era também a Feira. A única que conhecia era aquela de verduras, que eu adorava, com suas pessoas coloridas e barulhentas, carregadas de sacolas e de balaios, batendo umas nas outras. Mas. De livros? Impossível imaginar.

Quando, de ônibus, chegamos na praça, a porta abriu, e todo mundo correu, fiquei parada. De repente, havia um outro mundo dentro do mundo, e ele era muito mais bonito, ensolarado, cheio de verdes, flores e algumas poucas, talvez não mais do que dez ou quinze, barracas e carrinhos de pipoca e tendas de refrigerante, e era muito mais bonito do que a minha rua. Um sonho que eu nunca havia sonhado.

Sei o dia: 8 de novembro de 1966. E a despeito de tudo o que então andava acontecendo no Brasil, e eu ouvia os adultos falarem, aquela feira era a maior das liberdades.

Minha professora disse que o patrono era um escritor gaúcho chamado Simões Lopes Neto e disse outras coisas que eu não quis ouvir. Não queria interferência no que eu estava sentindo, e o que eu estava sentindo era quase uma falta de ar.

Fomos para um palco, um pequeno tablado montado no centro da Praça da Alfândega. As pessoas foram chegando aos poucos, e a peça começou. Algumas paravam para assistir; outras, curiosas, perguntavam o que era; outras fingiam que não viam que estávamos ali; outras, ainda, passavam rindo.

A peça começou, mas não comecei junto com ela. Meu encantamento era tanto que, esquecida do encantamento da fada, não estava na peça. E quando chegou a minha vez de falar, eu, absolutamente, não sabia o que dizer, e o universo parou. A sensação era esta: as pessoas esperando que eu dissesse alguma coisa, minhas colegas de palco esperando que eu dissesse alguma coisa, a professora, de olhos arregalados atrás dos óculos, desesperada, para que eu dissesse alguma coisa.

Eu? Não sabia o quê. E foi a primeira vez que o universo parou à minha volta. Um, dois, três minutos, não mais do que isso, mas o suficiente para que eu sentisse uma vergonha do tamanho dele.

Para alívio de todos e uma sucessão de suspiros de muitos, a frase veio e foi dita com a maior ênfase que a minha experiência de atriz permitia:

– Conta-nos, conta-nos, fada, a magia é de encantar!

E eu pensei que, embora a vontade de choro, eram a magia da praça e as histórias que haveria dentro de cada um daqueles livros que eram de encantar.

Quando a peça acabou, desci correndo e fiquei quieta debaixo do tablado. Tinha consciência de que quase estragara tudo e não podia perdoar isso em mim. Minhas colegas decerto iam me criticar, minha professora me chamaria a atenção e, dessa vez, o céu, que sempre ameaçava, ia mesmo desabar.

Mas. Ao contrário de tudo, alguém esticou o braço e me deu um livro. Assim, dado mesmo.

– É pra ti.

E eu peguei aquele livro com muito cuidado. Ele era o meu primeiro que não era de colégio nem nada e se chamava *Clarissa*, do Erico Verissimo, era todo de letras pequenininhas e não tinha nenhuma ilustração. Era um livro de gente grande mesmo.

Saí de debaixo do tablado com o meu livro colado junto ao peito.

Era meu livro! E eu sabia como um livro é importante, porque meu pai tinha me ensinado. E eu já sabia contar histórias quase como a minha mãe contava antes de a gente dormir. Naquele dia, eu sabia, dentro de mim, que nunca seria artista, que eu queria escrever muitos livros como aquele.

E escrevi vários. O primeiro, para adolescentes, foi *A cor do azul*, que me deu muitas alegrias e até o prêmio Jabuti. O mais recente é este: *Dani das nuvens*.

Fiquei pensando que em todas as turmas do colégio sempre tem um aluno. Pode ser menino, pode ser menina, que "tem a cabeça nas nuvens", que fica sonhando acordado, distraído, pensando em outras coisas, e que a professora não para de chamar a atenção. E, pior ainda, a mãe fica dizendo que ele tem que ser igual ao irmão grande, que é inteligente e responsável.

Pensando bem, um pouco eu fui meio assim também. Então, eu tinha que escrever sobre isso. Foi muito legal! Tive que estudar por que o Dani era desse jeito e levei muito tempo para fazer isso. Passei muito tempo com o Dani e com os seus amigos dentro de mim. Fiquei triste com ele, chorei com ele, mas também fiquei feliz quando o Dani conseguiu. O quê? Isso eu não vou contar pra não estragar a leitura, mas aposto que você vai sentir as mesmas coisas que ele, que eu.

Entrevista

Em *Dani das nuvens*, Daniel é um garoto que vive com a cabeça nas nuvens. Ele está se tornando adolescente e descobrindo coisas novas sobre ele mesmo e os outros. Enquanto o tempo passa, Dani vai amadurecendo e tomando consciência, inclusive, dos seus sentimentos. Na entrevista a seguir, vamos entender como foi que Jane Tutikian deu vida a esse menino tão especial e quais mensagens ele pode deixar aos leitores.

EM *DANI DAS NUVENS*, DANIEL, O PERSONAGEM QUE DÁ TÍTULO AO LIVRO, É PORTADOR DO TRANSTORNO DO DÉFICIT DE ATENÇÃO (TDA). VOCÊ ACHA QUE A SOCIEDADE TEM POUCO CONHECIMENTO SOBRE ESSE TIPO DE TRANSTORNO? SE SIM, QUAIS SERIAM, NA SUA OPINIÃO, AS POSSÍVEIS SOLUÇÕES PARA MUDAR ESSE QUADRO?

• Acho que a sociedade tem pouco conhecimento, sim, e acho, sobretudo, que nós, pais e professores, somos imensamente desatentos em relação ao TDA. Isso acontece porque a criança portadora do transtorno não é aquela que incomoda, não é aquela que perturba ou que nos tira do sério por "fazer arte". É a criança distraída, aquela que vive imaginando coisas, com a cabeça "nas nuvens". E, quando detectamos alguma coisa diferente, o problema é acharmos que a criança faz isso por vontade própria, ou seja, não se esforça, não presta atenção ao que está fazendo ou não tem responsabilidade porque não quer. O pior é que acabamos dizendo isso a ela, fazendo com que desenvolva uma péssima autoimagem, pouca confiança em si mesma, e isso pode acarretar consequências graves na sua relação consigo mesma e com o outro. Somos pouco e mal informados sobre transtornos desse tipo. É preciso informação e tratamento especializado, mas é preciso, acima de tudo, que respeitemos o portador do TDA, que o cerquemos de amor e de incentivo.

O PERSONAGEM-NARRADOR CONVIVE NORMALMENTE EM CASA, NA ESCOLA E COM OS SEUS AMIGOS. VOCÊ ACREDITA QUE A AMIZADE PODE TER O MESMO EFEITO DE UM REMÉDIO PARA AS PESSOAS PORTADORAS DE TDA?

• Sempre! A amizade é, em qualquer circunstância, cura; jamais doença. A amizade é uma ponte muito especial: ponte de almas.

A RELAÇÃO DE DANI COM O QUINTAL DA CASA DELE É FORTE E POÉTICA, POIS, À MEDIDA QUE ELE SE TRANSFORMA, A VISÃO DELE SOBRE O QUINTAL TAMBÉM SE MODIFICA. CONTE-NOS UM POUCO SOBRE COMO CHEGOU A ESSE SÍMBOLO.

• Sabe de uma coisa? Durante todo o tempo em que trabalhei o texto, eu vi o quintal. É o mundo particular do Dani e só dele. É seu espaço de pacto consigo mesmo, aquele em que pode ser ele mesmo, com seus sonhos, suas alegrias, seus conflitos, suas dúvidas, suas saudades. Nesse sentido, o tamanho do quintal é proporcional ao afastamento de si mesmo. É grande o suficiente para acolher sua imaginação, seus devaneios, mas diminui conforme Dani vai acreditando em si mesmo. Na última cena é que o quintal aparece no seu tamanho real.

DANI TINHA UMA AMIGA, A TELMA, QUE O INCENTIVAVA MUITO A LER, E AS REFERÊNCIAS LITERÁRIAS EM *DANI DAS NUVENS* SÃO MUITAS. E QUANTO A VOCÊ, JANE? QUEM A INFLUENCIOU A GOSTAR DE LER E A ESCREVER?

• Adoro responder a essa pergunta. Para dizer a verdade, não sei o quanto acredito, se acredito, em destino. Não sei se se nasce para alguma coisa. Sei apenas que minha vida está ligada à literatura desde a minha primeira lembrança. E para que não se pense que isso é conversa de escritor, existe uma prova contundente: um poema, escrito aos oito anos de idade, com direito a letra cursiva e florzinhas. Escrevi meu primeiro poema em abril de 1960. Era para o meu pai, o grande amigo da minha vida. Claro que não tem nenhum valor artístico-literário, mas demonstra que já tinha alguma intimidade com a palavra escrita e que a partir daí ela me transformaria e eu a usaria para me compreender melhor e também compreender o que me cercava. Não havia livros na minha casa. Minha mãe, que estudou apenas até a segunda série do ensino fundamental, era costureira. Meu pai, guarda de trânsito, se alfabetizou sozinho aos 21 anos. Por que a literatura? A primeira resposta a essa pergunta é a imagem da minha mãe contando histórias antes de meu irmão grande e eu dormirmos. Ela sabia fazer isso como ninguém! Do meu pai veio o respeito pela palavra e pela escrita. Depois de o meu pai ter conseguido ler um jornal inteiro, vejo-o chegando em casa com o presente que deu a si mesmo – e não me lembro de outro que tenha dado durante toda a sua vida –, um troféu: uma caneta que era o máximo naquela época: uma Parker 51. A partir daí, eu o espiei várias vezes, olhos postos por trás da cortina encardida da sala, primeiro alisando, calmamente alisando e, depois, escrevendo no papel pardo em que o padeiro enrolava o pão e deixava à nossa porta. Mais tarde, descobri o que era, mesmo, uma biblioteca, e o encantamento foi total. Minha memória me faz ficar pequena diante das estantes cheias de livros da Biblioteca do Instituto de Educação, e eu queria ler todos. Foi aí que tudo começou. Assim foi e continua sendo.

Você tem o seu estilo de escrita. Fale um pouco sobre a construção dele no decorrer da sua carreira. Você se inspirou em algum(ns) escritor(es)?

• Eu me inspirei, sim, em todos os escritores que li, em todas as histórias que ouvi, em todas as pessoas que conheci. Foi um dia importante aquele em que descobri que a vida está cheia de histórias e que o escritor tem de estar atento a elas. É delas que surgirão os textos. Mas. Eu também descobri o fascínio da palavra escrita, e o estilo vem desse encantamento. Não queria que as pessoas lessem meu livro e fechassem sem ficar nada. Um livro não pode acabar quando a história acaba! Pensei, então, que o instrumento de trabalho do escritor não é o computador, não é o lápis, não é o papel. É a palavra e que, por intermédio dela, eu poderia tornar o leitor um criador junto comigo. Quando escrevo "MAS." ou "E.", pode ter certeza de que o leitor completa a frase com sua imaginação, às vezes consciente, às vezes inconscientemente, não importa. Importa que seja meu companheiro de criação, e a capacidade de criação está sempre ligada à chance de felicidade.